O diabo
era mais
embaixo

O diabo era mais embaixo

Manu Maltez

"Você fecha os olhos
e espera que seja apenas
a sua imaginação."

Michael Jackson

Abaddon, ouvia uma canção de amor. **Abraxas**, comeu feijão com arroz. **Adramelech**, jogou migalhas de pão na praça. **Agares**, ligou para Manu Maltez. **Ahasvero**, fumou feito condenado. **Ahpuch**, correu pra não perder o trem. **Ahriman**, bebeu e soluçou. **Ammit**, bailou ao som do contrabaixo. **Amon**, lavou os pés no bidê. **Apollyon**, cortou o dedo no papel. **Arawn**, subiu sem segurar no corrimão. **Asmodeu**, aliviou minha dor. **Astaroth**, falou pra não perder o show. **Astarte**, não compareceu. **Azazel**, soprou no ouvido de Manu uma canção de amor. **Baal**, junto com **Baël**, desenhou um homem-palito. **Baalberith**, vestiu um confortável moletom. **Balaam**, cruzou palavras no jornal. **Baphomet**, tomou sol até queimar a testa. **Bast**, fez primeira comunhão. **Barhaial**, ficou preso no trânsito de São Paulo. **Befana**, passou batom. **Behemoth**, falou que não perderia o show por nada desse, ou de qualquer, mundo. **Beherit**, pegou fiado na Mercearia. **Bel**, ouviu dizer que vai chover. **Beleth**, esperava a poeira assentar. **Beletseri**, fingiu que não viu. **Belial**, pediu suco de fruta mesmo sabendo que era polpa. **Belili**, não estava nem aí. **Belphegor**, comprou o livro e ouviu o CD. **Belzebuth**, cantou "Você fecha os olhos e espera que seja apenas a sua imaginação" em inglês. **Beng**, jogou na loteria os números do biscoito chinês. **Bile**, chutou cachorro vivo. **Bolla**, não foi capaz de decorar o texto. **Bytelh**, morava numa biboca. **Caos**, arrumou o que fazer. **Chemosh**, compôs um SMS. **Cherufe**, sonhou que era anão. **Cila**, sentou e esperou. **Cimeries**, pediu crème brûlée. **Coyote**, tomou água de coco numa praia do Recife. **Cush**, pediu um refri. **Daevas**, viu tudo o que aconteceu. **Dagon**, assistiu a um filme na tv. **Damballa**, esqueceu o nome da irmã de **Demogorgon**. **Demônio**, **Diabo**, dá no mesmo? **Diabolus**, vestiu a calça jeans. **Diacgo**, tossiu. **Dumuzi**, pediu bolinho de bacalhau no português. **Drug**, sempre foi adicto. **Eannus**, lavou o cabelo com xampu e condicionador 2 em 1. **Emma-O**, pegou o elevador. **Enlil**, não viu e não gostou. **Euronymous**, dormiu. **Fene**, sorriu. **Fénriz**, levou a mãe para ver o mar.

Fornéus, aprendeu a andar de bicicleta. **Fornjotr**, partiu sem dizer adeus. **Gorgo**, cortou pão e refrigerante da dieta. **Haborym**, prefere quando o circo pega fogo. **Hecate**, acredita em disco voador. **Hel**, disse que o dia não foi bom. **Hermes**, tomou um Tonopam. **Ishtar**, adicionou Manu Maltez no Facebook. **Iya**, fez máscara de papel machê. **Janus**, com os amigos arrombou numa HP. **Kaia**, perdeu o RG. **Kali**, traduziu tudo do inglês. **Katavi**, sentiu o vento soprar a seu favor. **Ke'lets**, gripou. **Kholomodumo**, pegou o bonde andando. **Kukuth**, comprou uma revista. **Kulshedra**, sentiu uma fisgada nos rins. **Kulsheder**, fez que esqueceu. **Kybéle**, faltou. **Lamia**, quis sentar na janelinha. **Leviathan** e **Lilith**, dançaram até o sol nascer. **Ljubi**, viu pelo retrovisor. **Lohe**, morreu. Mas já está melhor. **Loki**, duvidou que alguém leria isso. **Lúcifer**, imitou a minha voz. **Lusbel**, apontou para algo no chão. **Mammon**, tomou café sem açúcar. **Mania**, ainda rói as unhas. **Manthus**, puxou o tapete. **Marduk**, gostava de ler gibi. **Mastema**, achou que não fosse contramão. **Melek Taus**, até o momento não respondeu nosso pedido. **Mephistoteles**, estava relendo Thomas Mann. **Metzli**, escorregou no piso do McDonald's. **Mictian**, era um gozador. **Midgard**, sentiu um calafrio. **Milcom**, descascou batatas. **Mimir**, se inscreveu num curso de artes marciais. **Moloch**, é um bom camarada. **Mormo**, se fantasiou de mulher. **Naamah**, esbarrou na manivela. **Nahemh**, é padroeiro dos taxistas. **Nemrod**, foi tentar trocar o DVD pirata que comprou. **Nergal**, cansou de esperar. **Nihasa**, jurou que só havia "um homem e seu contrabaixo". **Nihasa**, teve o visto recusado. **Nija**, voltou depois de um longo mês. **Ninus-Tamuz**, perdeu a chave de casa. **Oyama**, é fluente em espanhol. **Pan**, correu feito o diabo. **Paymon**, trancou a matrícula. **Pazuzu**, domou os gafanhotos. **Pluto**, adorava desenhos animados. **Proserpine**, desejou o marido da melhor mulher. **Pursan**, ficou no pão que ele mesmo amassou. **Pwcca**, cantou parabéns na festa de **Rimmon**. **Sabazios**, desafinou. **Saitan**, entrou sem pedir licença. **Sammael**, nunca saiu à francesa. **Sammu**, esqueceu de comprar ração. **Satanás**, tem sempre muitos nomes. **Sedit**, jogou campo minado na lan house. **Sekhmet**, disse que pra bom entendedor meia palavra basta. **Semíramis**, se viu estampada no dinheiro. **Set**, foi ao cinema. **Shaitan**, pensou que o Manu iria lhe agradecer. **Shiva**, bebeu uísque irlandês.

Sri, tirou uma casquinha. **Supay**, não pôde controlar a dor. **Tán-mo**, errou o dia do dentista. **Tchort**, queria esquecer. **Tezcatlipoca**, ainda vai voltar. **Thamuz**, é só chamar que ele vem. **Thoth**, perdeu o prazo por causa da greve dos correios. **Torto**, marcou hora no otorrino. **Tunrida**, disse "não, obrigado". **Typhon**, casou pela segunda vez. **Verin**, se apossa dos doentes. **Vodnik**, cortou o bem pela raiz. **Xhindi**, queria uma motocicleta. **Yama, Yaotzin, Yen-lo-Wang, Zagan, Zapão**...

Dessa vez Manu Mal-tez nos apresenta a velha história do Diabo antigo no novo Fausto. Para quem já teve a sorte de ver Manu em transe, ou tocando, é fácil notar que seu contrabaixo não parece nem um pouco desalmado. Então que alma ele levou?

Manu usa o verbo para iludir o **Adversário**.

— Bom dia.

— Dia bonito!

Os demônios que habitam Manu se manifestam de inúmeras formas. A história sai como texto, desenho e grito (música).

O diabo é o atalho.

— Diabo m.

— Diabo nito!

Assim se reúne e se integra o **Divisor** em Manu Maltez.

Manu Mal-tez "(a voz de um homem), quanto mais ele vive, mais grave se torna". Manu se agrava.

E assim vai levando a vida, nunca na mesma toada. Nunca leve, mesmo que assim pareça.

E "ressoam as maiores maravilhas das profundezas do meu instrumento"!

E de sua pena-verbo.

Em *O diabo era mais embaixo*.

E o que vem de baixo nos atinge.

Grande abraço,
LOURENÇO MUTARELLI.

INTRODUÇÃO

Um contrabaixo. O baixo acústico, ou ainda
o "rabecão". Carrego ele por aí, por onde toco.
As pessoas se impressionam com o seu tamanho,
e ele fica mais intrigante quando envolvido na capa
preta que o protege. Os taxistas arregalam os olhos,
os seguranças das casas noturnas mostram um riso
no canto da boca ("Por que não toca cavaquinho?"),
as pedestres – discretamente – desviam da rota
de colisão. Mas pouco se sabe sobre as proezas desse
instrumento. Que sons ele emite, afinal? Os graves,
esse registro, esse reino. Da profundidade.
É fato: a voz de um homem, quanto mais ele vive,
mais grave se torna.

PRIMEIRO ATO

No começo da história
só havia um homem
e seu contrabaixo.

O diabo era mais embaixo.

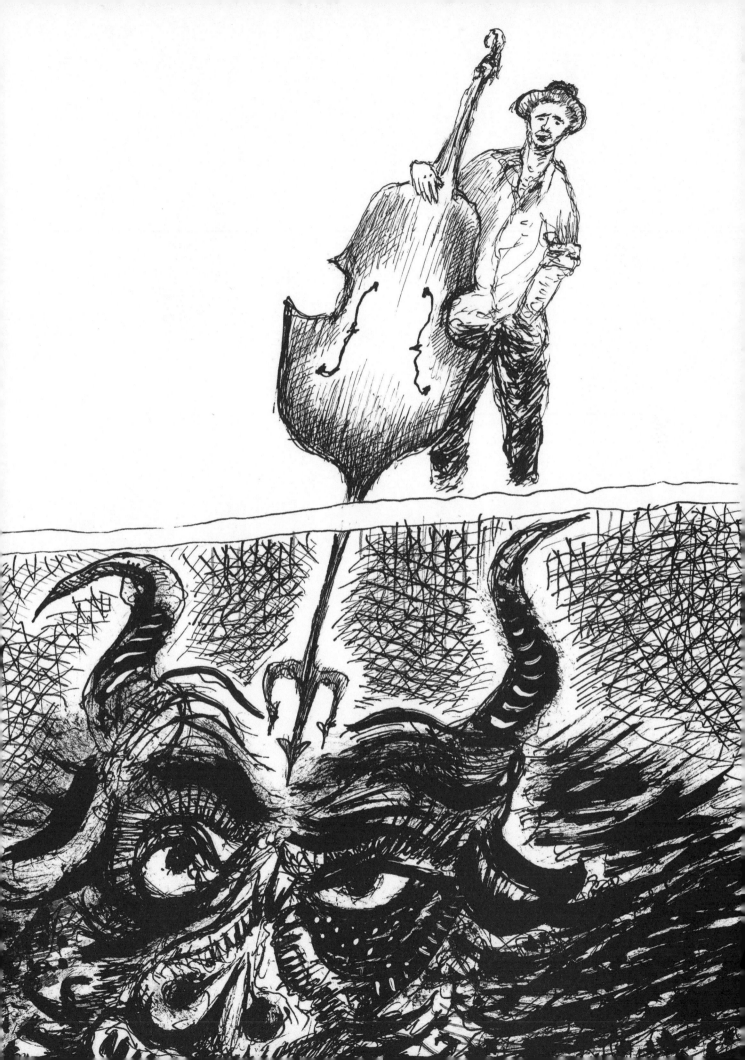

O homem não estava
em seus melhores momentos.
Quando tocava o instrumento,
um som de pum de rinoceronte
com pigarreada de jumento
tomava conta do apartamento.

Era um armário
se arrastando de medo.

Até às horas mortas
ele seguia naquele
estrebucho,
se afundando nos estudos
do dito instrumento.
Mas naquele som
não havia mais contento,
que desalento!

Exausto e derrotado, se deitava.
Quando, enfim,
ele de si
um pouco se esquecia
naquela modorra,
uma risada macabra ecoava
e ele acordava em agonia.

Viria de algum canto do apartamento
ou do sonho que se prometia?

Por via das dúvidas, revirava tudo,
iluminava cada canto com receio.
Mas nunca encontrava nada.
Estava só com seu contrabaixo.

E o diabo,
no andar de baixo.

Quando por fim sonhava, era um videoclipe:
concertos lotados de fãs que se estapeavam
pra poder ver o famoso contrabaixista,
que no sonho tinha olhos de lince
que brilhavam sob os holofotes.
Dedilhava aquelas cordas carnudas,
gravíssimas,
que vibravam rente ao corpo torneado
da amante-cantora-apresentadora de tevê,
que tinha um tique de sua ex-namorada.

Juntos faziam músicas inacreditáveis
que nunca eram lembradas na manhã seguinte.

Seus dias eram um suplício,
as noites, então,
uma danação.
Tocando aqui e ali,
sempre sem muito efeito,
não levava mesmo jeito,
não causava melhor impressão.
Era muita pressão.

Não era raro
uma corda arrebentar,
e já saía ele
com mais um palavrão.
As pessoas, olhando de lado,
diziam:
– Bem feito!
– Vai dormir com seu rabecão.
– O eterno insatisfeito!
– Que estranho sujeito!

E assim ele seguia sua estrada, naquela mesma toada pesada.

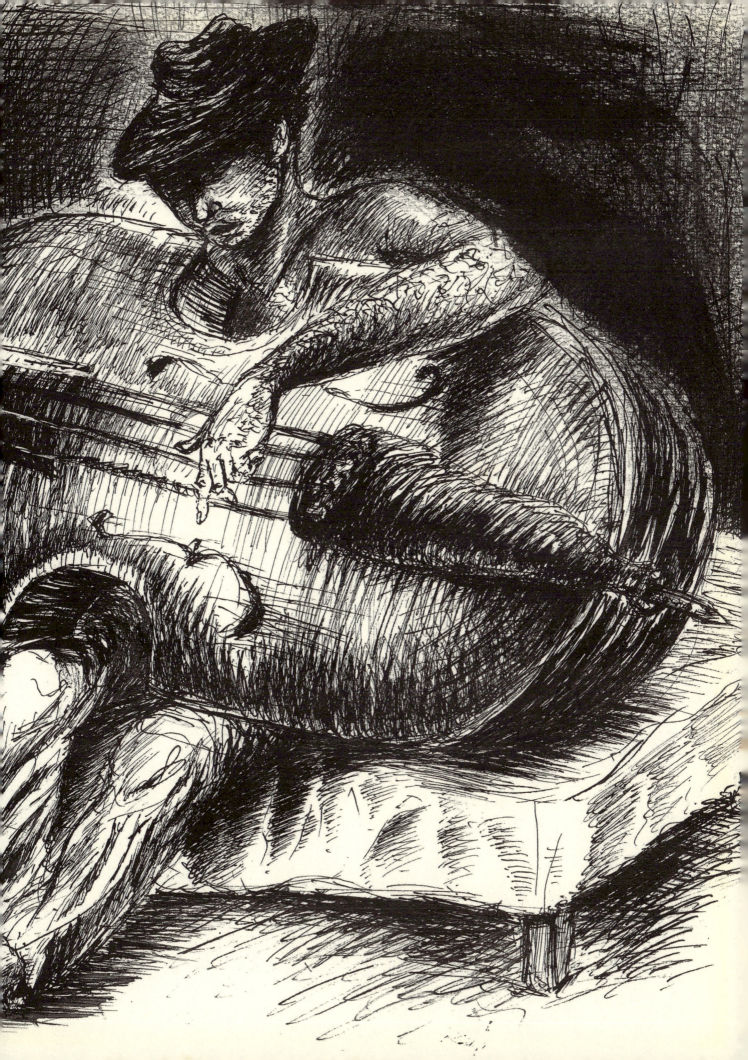

SEGUNDO ATO

Foi então que um dia
o homem descobriu:
o diabo era seu vizinho,
morava no apartamento debaixo.

O homem não aguentou
e propôs um pacto ao diabo:
que a terra amanheça mais grave,
que a humanidade se arrepie suave,
que ressoem as maiores maravilhas
das profundezas do meu instrumento!

Como a onça esturra,
como o ônibus tem o seu escapamento,
quero aquela alegria esmagadora
de um deus dançando de pantufas
no assoalho do firmamento.

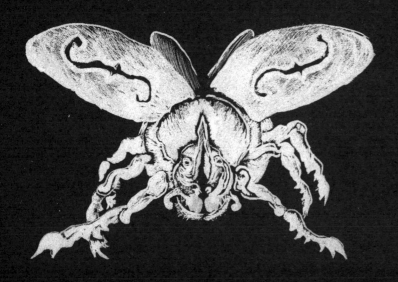

Quero esse som
de iceberg se partindo,
do touro fazendo amor,
urrando ao vento,
do escaravelho quando voa
pro sol do último poste.

O ronco do homem que dorme pesado,
sem sonhos,
depois de tudo o que fez
e que deixou de fazer.

Em troca
minha alma será sua,
eternamente
nos verões do inferno.

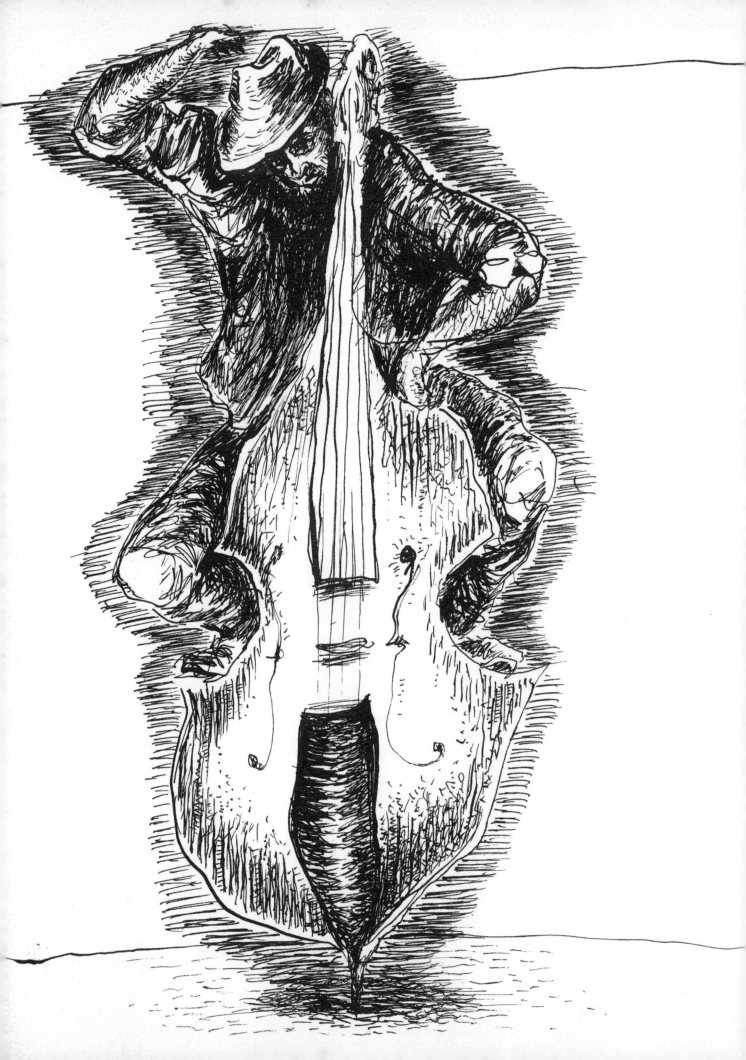

Seria possível o pacto?

E o destino da música?
Estaria assegurado?

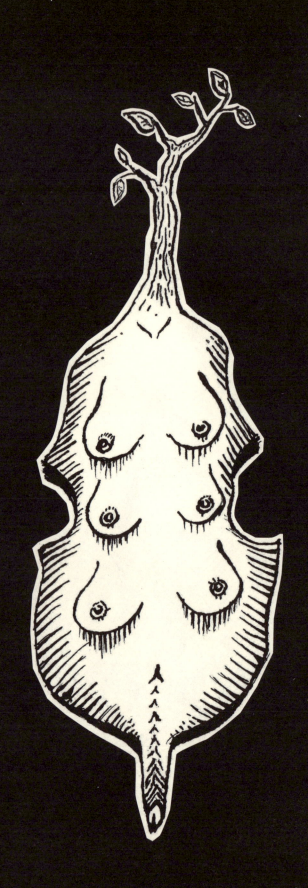

TERCEIRO ATO

O contrabaixo ressoou como nunca.
O homem reinava finalmente
acima de consonantes e dissonantes.
Conhecedor dos meandros e glissandos,
da última linha suplementar
até os primeiros degraus do subsolo,
em um segundo,
sem trastejar,
agora ele seria
o caldeirão de nossa cozinha,
o zelador da baixaria,
o pastor soberano das levadas,
o dó-ré-mizão!

Notas agudas que se cuidem:
gritinhos abafados
pela clave de fá.

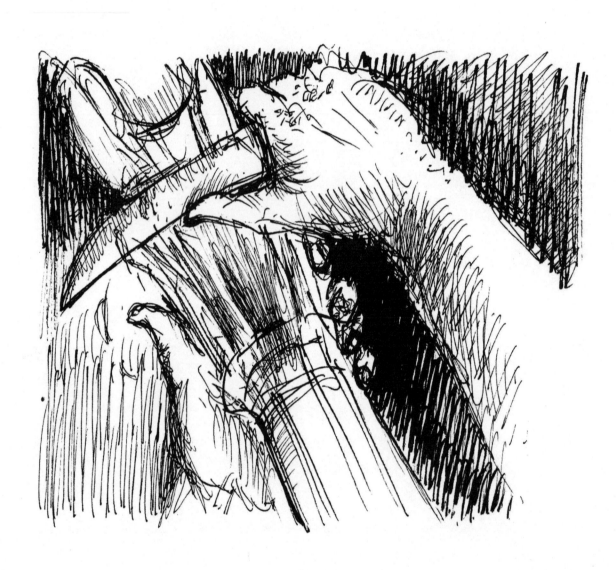

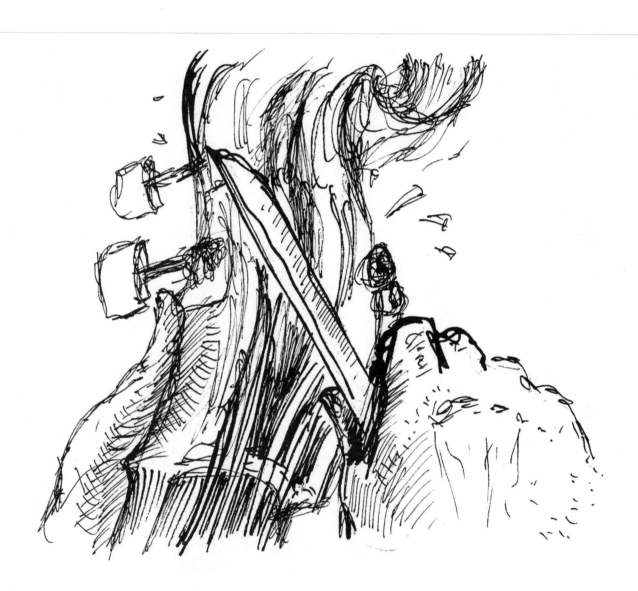

Participou de orquestras,
agasalhou cantoras,
salvou a vida de solistas depressivos,
falou grosso quando foi preciso
e tocou coisas tão bonitas
que ninguém se atreveu
a explicar.

Ele ainda arrumou tempo
pra acompanhar a ex-mulher,
pianista de free jazz,
que nunca teve muito jeito
pra dizer o que sentia
enquanto havia harmonia.

QUARTO ATO

No final da história,
o diabo apareceu.
O homem então abriu o tampo
do seu velho contrabaixo,
enfiou a mão trêmula
e arrancou de lá de dentro
uma frágil madeirinha,
que sustenta todo o som do instrumento,
chamada pelos músicos e luthiers
de *alma*.

O diabo guardou aquilo feito uma criança
e partiu com um guincho ensurdecedor,
levando pras profundezas do fogaréu
a pecinha de madeira singela.

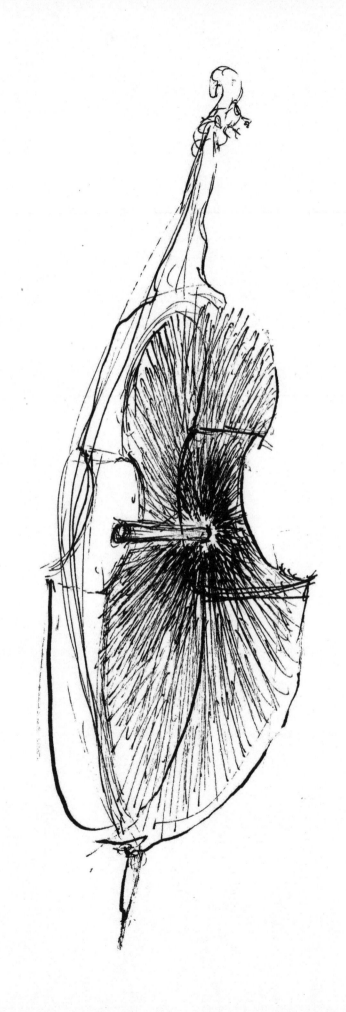

E foi assim que o desalmado do homem
entregou a alma do contrabaixo,
instrumento que guarda até hoje
em seu corpo de homem de pau,
em seus vazios,
na caixa acústica do peito,
um certo som grave e soturno
que envolve a alma:

pecinha manhosa de madeira

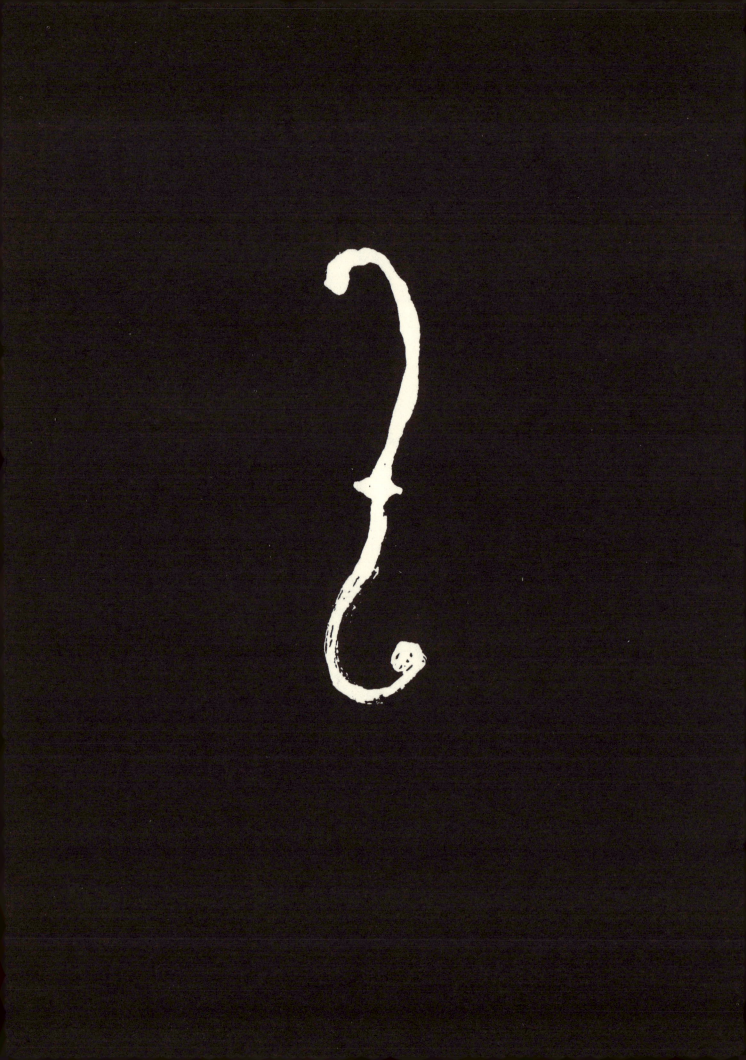

Quando consegui meu primeiro contrabaixo, depois de
um certo tempo aprendendo sozinho, naquela empolgação
primordial, fui fazer aulas com Gabriel Bahlis. Já de cara,
ele me disse que o instrumento precisava urgentemente de
alguns acertos: o braço estava muito grosso e a pestana,
assim como a ponte, estava alta demais. Por isso era
tamanha a dureza das cordas (naqueles tempos febris eu
costumava acordar com as mãos dormentes de tanta força
que estava fazendo pra tocar). O Gabriel, dando uns tapas
no cavalete, disse também que este estava fora de posição,
o que prejudicava o som. Além disso, havia o risco de o
cavalete tombar e fazer cair a alma do contrabaixo,
o que seria ainda mais perigoso.

Bahlis tem 79 anos, é contrabaixista da Orquestra Jazz
Sinfônica e professor de contrabaixo da Universidade
Livre de Música. Já tocou com nomes importantes
da música brasileira e internacional e também é *luthier*
(profissional que fabrica e repara instrumentos de corda).
Os poucos contrabaixos que constrói são famosos e muito
cobiçados, no Brasil e no exterior, pelo som e pela beleza.

Este livro é dedicado ao mestre Gabriel Bahlis,
que faz e toca contrabaixos com alma.

AGRADEÇO A:

    Lourenço Mutarelli
    Thereza Almeida
    Marcelino Freire
    Luiz Bueno
    Marçal Aquino
    Ely Bueno
    Adilson Miguel

E TAMBÉM À BAIXARIA:

    Domenico Dragonetti
    Charles Mingus
    Israel Cachao Lopez
    Ron Carter
    Gabriel Bahlis
    Jorge Hélder
    Sizão Machado
    Zéli Silva
    Rogério Botter Maio
    Fábio Sá
    Danilo Penteado
    Marcos Paiva
    Camila Bonfim
    Rafael Ferrari
    Daniel Amorim

e a tantos outros que carregam consigo
o peso e a leveza de um contrabaixo.

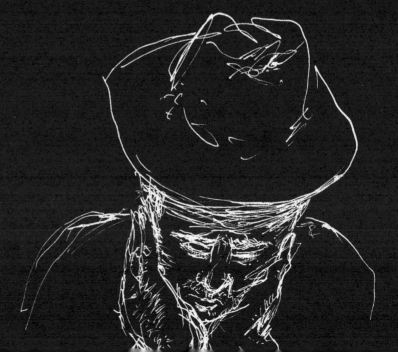

COORDENAÇÃO EDITORIAL
Adilson Miguel

EDITORA ASSISTENTE
Bruna Beber

REVISÃO
Thiago Barbalho

EDIÇÃO DE ARTE
Marisa Martin

CAPA E PROJETO GRÁFICO
Thereza Almeida

DIAGRAMAÇÃO
Rafael Vianna

CONCEPÇÃO E DESENHOS
Manu Maltez

editora scipione

Av. Otaviano Alves de Lima, 4 400
6.º andar e andar intermediário Ala B
Freguesia do Ó
CEP 02909-900 – São Paulo – SP
Caixa postal 007
ATENDIMENTO AO CLIENTE
Tel.: 4003-3061
www.scipione.com.br
e-mail: scipione@scipione.com.br

2012
ISBN 978-85-262-8717-4 – AL
ISBN 978-85-262-8718-1 – PR

Cód. do livro CL: 737924

1.ª EDIÇÃO
1.ª impressão

Impressão e acabamento
EGB - Editora Gráfica Bernardi Ltda.

Copyright das imagens © 2011 by Manu Maltez

Ao comprar um livro, você remunera e reconhece o trabalho do autor e de muitos outros profissionais envolvidos na produção e comercialização das obras: editores, revisores, diagramadores, ilustradores, gráficos, divulgadores, distribuidores, livreiros, entre outros. Ajude-nos a combater a cópia ilegal! Ela gera desemprego, prejudica a difusão da cultura e encarece os livros que você compra.

Dados Internacionais de Catalogação na Publicação (CIP)
(Câmara Brasileira do Livro, SP, Brasil)

Maltez, Manu
O diabo era mais embaixo / texto e ilustrações de Manu Maltez – São Paulo: Scipione, 2012.

1. Ficção brasileira I. Título.

11-11930   CDD-869.93

Índice para catálogo sistemático:
1. Ficção: Literatura brasileira 869.93

Este livro foi composto em Calvino Hand e
impresso sobre papel Pólen Bold 90 g/m².